Comentarios de los niños para
Mary Pope Osborne, autora de
la serie " La casa del árbol".

*Tus aventuras tienen tanta, pero tanta magia que
me niego a leer otros libros. Sólo quiero los tuyos.*
Ben H.

*Adoro la serie "La casa del árbol". Mi papá y yo la
hemos leído entera.* Kevin F.

Mi mamá y yo adoramos tus libros. Julie P.

*Cada vez que termino de leer un libro tuyo quiero
volver a leerlo. Tus aventuras son muy divertidas.*
Soo Jin K.

Cuando sea grande escribiré como tú. Raul A.

*De todos los libros del mundo, los tuyos son los me-
jores. Nunca dejes de escribir.* Karina D.

Adonde Annie y Jack vayan, ahí quiero ir.
Matthew Ross D.

*Los padres y los maestros
también están encantados con la serie
"La casa del árbol".*

Gracias por crear esta colección. A través de ella, los maestros que amamos la lectura con pasión hemos encontrado una herramienta para que nuestros alumnos descubran la magia de los libros. K. Salkaln.

Mis alumnos adoran la colección "La casa del árbol". A decir verdad, gracias a estos maravillosos libros, todos en el aula se han vuelto locos por la lectura. S. Tcherepnin.

Creo que sus libros son encantadores. Nunca antes había encontrado un material tan didáctico e interesante para mis alumnos. C. Brewer.

Kevin recibió dos libros de la colección como regalo y no salió de su cuarto hasta que terminó la última página. K. Trostle.

Durante años he buscado un libro entretenido para mis alumnos, un material que gustara de verdad. En realidad, la mayoría de los libros para niños no logran ni siquiera captar la atención de sus lectores. Pero cada vez que leemos los libros de "La casa del árbol", mis alumnos repiten eufóricos: "¡por favor no pare de leer, señorita!" Para mí ha sido un placer encontrar un material tan entretenido y a la vez instructivo. Felicitaciones. L. Kirl.

Usted ha abierto las puertas de la aventura para muchos niños y para otros, ha sembrado la semilla de la vocación, ya que desean escribir como usted. Gracias por crear y compartir el mundo mágico de la imaginación. M. Hjort.

Mi hijo siempre ha sido reacio a la lectura. Pero los libros de "La casa del árbol" despertaron en él el deseo de leer.
M. Casameny

Queridos amigos:

Hace un tiempo, comencé mi investigación acerca de la zona del Ártico, ya que muchos de ustedes me pidieron que pensara en una aventura para Annie y Jack en dicho lugar. Al descubrir un hecho característico de la zona y, a la vez sorprendente, creció mi entusiasmo por llevar adelante el proyecto. Si bien los osos polares pueden llegar a pesar 1.000 libras, éstos tienen la capacidad de desplazarse sobre hielo delgado sin quebrarlo; algo que las personas no podrían lograr. ¿Cómo lo hacen? Pues bien; extienden el cuerpo sobre el hielo, boca abajo, equilibrando su propio peso, y dándose impulso con las garras, que clavan sobre el hielo. Todo este proceso lo llevan a cabo mediante el equilibrio del peso del cuerpo.

Como verán, este hecho tan particular, sumado a mi imaginación, me ha servido de gran ayuda para crear el argumento de este libro.

De modo que, si ustedes me preguntan de dónde obtengo la inspiración para escribir las aventuras de La casa del árbol debo decir que los responsables son mis lectores junto con mi investigación e imaginación. Otra responsable es mi editora, Mallory Loehr, que me ha brindado su colaboración a lo largo de toda la serie y de quien recibo una gran inspiración. Juntas organizamos reuniones en las que debatimos las ideas para cada libro.

Espero que disfruten de la lectura de "Osos polares después de la medianoche" tanto o más que yo a la hora de escribir.

Y espero, también, que este libro les sirva de inspiración para acercarse a la investigación y escribir algún día un libro.

La casa del árbol #12

Osos polares después de la medianoche

Mary Pope Osborne
Ilustrado por Sal Murdocca
Traducido por Marcela Brovelli

LECTORUM
PUBLICATIONS INC
a subsidiary of Scholastic Inc.
New York

Para Mallory Loehr, con agradecimiento, por emprender el viaje doce veces.

OSOS POLARES DESPUÉS DE LA MEDIANOCHE

Spanish translation copyright © 2006 by Lectorum Publications, Inc.
Originally published in English under the title
POLAR BEARS PAST BEDTIME
Text copyright © 1998 by Mary Pope Osborne
Illustrations copyright © 1998 by Sal Murdocca

This translation published by arrangement with Random House Children's
Books, a division of Random House, Inc.

MAGIC TREE HOUSE
is a registered trademark of Mary Pope Osborne; used under license.

1-930332-99-8

Printed in the U.S.A.

10 9 8 7 6 5 4 3 2 1

Library of Congress Cataloging-in-Publication data is available.

ÍNDICE

Osos polares después de la medianoche

1

¿Hablas en serio?

¡Buuu! El extraño sonido se oyó desde la ventana abierta.

Jack abrió los ojos en la oscuridad de su habitación.

De pronto, *¡Buuu!*, se oyó otra vez.

Jack se sentó en la cama, encendió la lámpara y se puso los lentes. Tomó la linterna del cajón de la mesa de noche y alumbró la ventana.

Sobre la rama del árbol más cercano había un búho de color blanco como la nieve.

"*¡Buuu!*" —El búho ululó una vez más. Los enormes ojos amarillos se clavaron en los de Jack.

"*¿Qué querrá?*", se preguntó Jack. "*¿Será una señal, como la del conejo y la gacela?*"

En las últimas dos aventuras una gacela y un conejo de patas largas guiaron a Annie y a Jack hacia la casa del árbol.

"*¡Buuu!*"

—Espera un segundo —le dijo Jack al búho—. Iré a buscar a mi hermana.

Al parecer, la hermana de Jack, Annie, siempre había tenido facilidad para entender a las aves y a los animales.

Jack se levantó de un salto y corrió hacia la habitación de su hermana. Ella estaba profundamente dormida.

Tuvo que zarandearla un poco para despertarla.

—¿Qué pasa? —dijo Annie, mientras se desperezaba.

—¡Ven a mi habitación! —murmuró Jack, en voz muy baja—. Creo que Morgana nos ha enviado otra señal.

Annie salió de la cama en menos de un segundo.

Ambos corrieron hacia la habitación de Jack. El gran búho blanco aún seguía allí.

"¡*Buuu!*" —exclamó el ave. Luego desplegó las alas y se perdió en el cielo nocturno.

—Quiere que vayamos al bosque —explicó Annie.

—Creo que sí —agregó Jack—. Ve a vestirte. Te espero abajo.

—¡No! Tiene que ser *ahora mismo* —explicó Annie—. No hay tiempo para cambiarnos. Tenemos que ir en pijamas.

—*Tengo* que ponerme las zapatillas —dijo Jack.

—De acuerdo. Yo me pondré las mías. Te veré abajo —agregó Annie.

Jack se puso las zapatillas y guardó el cuaderno dentro de la mochila. Luego tomó la linterna y bajó en puntas de pie.

Annie estaba esperándolo junto a la puerta de entrada. En silencio, salieron de la casa.

El aire de la noche estaba cálido. Las mariposas nocturnas revoloteaban alrededor de la luz del porche.

—Me siento un poco extraño —comentó Jack—. Voy a entrar a ponerme ropa decente.

—No puedes —insistió su hermana—. El búho dijo que tiene que ser *ahora*.

De un salto, Annie se alejó del porche y atravesó el jardín a oscuras.

"*¿Cómo sabe mi hermana lo que el búho dijo exactamente?*", se preguntó Jack.

Pero como no quería perder a Annie de vista, se apresuró a seguirla.

Ambos corrieron calle abajo iluminados por la luz de la luna. Cuando llegaron al bosque de Frog Creek, Jack encendió la linterna.

El destello de luz dibujó sombras danzarinas entre las ramas que se mecían con la brisa de la noche.

Annie y Jack se detuvieron entre los árboles del bosque. Pero se quedaron muy cerca uno del otro.

"*¡Buuu!*"

Jack se sobresaltó.

—Es el búho blanco —explicó Annie—. Está cerca de aquí.

—Qué tenebroso está el bosque —comentó Jack.

—Sí, está tan oscuro que no parece nuestro bosque, ¿no es así? —preguntó Annie.

De repente, el búho revoloteó cerca de ellos.

—¡Guau! —exclamó Annie.

Jack alzó la linterna y alcanzó a alumbrar al búho mientras se elevaba por encima de los árboles. Luego se detuvo en un rama, *justo al lado de la casa del árbol.*

Ahí estaba Morgana le Fay, la hechizante bibliotecaria. El largo cabello blanco le brillaba con el destello de la linterna.

—¡Hola! —exclamó con voz muy suave y calmada—. ¡Suban!

Jack alumbró la escalera de soga con la linterna. Y junto con su hermana, subió a la casa del árbol.

Morgana los esperaba con tres pergaminos en la mano. Cada uno de ellos contenía la respuesta a un antiguo acertijo, que Annie y Jack ya habían resuelto.

—Bueno, para resolver los acertijos anteriores viajaron a las profundidades del océano, al salvaje Oeste y a África. ¿Están listos para otra aventura? —preguntó Morgana.

—¡Sí! —respondieron Annie y Jack a la vez.

Morgana sacó el cuarto pergamino de entre los pliegues de su túnica y se lo entregó a Annie.

—Después de que resolvamos este acertijo nos convertiremos en Maestros bibliotecarios, ¿verdad? —preguntó Annie.

—Y te ayudaremos a reunir libros a través del tiempo y el espacio, ¿no es así? —preguntó Jack.

—Algo así... —contestó Morgana.

Antes de que Jack pudiera pedir más detalles, Morgana sacó un libro y se lo dio.

—Este libro te servirá para investigar —explicó Morgana.

Annie y Jack leyeron el título del libro: "AVENTURAS EN EL ÁRTICO".

—¡Oh! ¡Guau! ¡El Ártico! —exclamó Annie.

—¿El Ártico? —preguntó Jack mirando a Morgana—. ¿Habla en serio?

—¡Por supuesto! —aclaró ella—. ¡Y será mejor que se apuren!

—¡Mi hermano y yo deseamos ir a este lugar! —afirmó Annie, señalando la tapa del libro.

—¡Espera! ¡Espera un minuto! —insistió Jack—. ¡Moriremos congelados! —agregó.

—No tengan miedo. Enviaré a alguien para ayudarles. Ya lo verán —comentó Morgana.

El viento comenzó a soplar.

—¿A quién enviará? —preguntó Jack.

¡Buuu! —El búho blanco ululó otra vez.

Antes de que Morgana pudiera responder, la casa del árbol comenzó a girar.

Más y más rápido cada vez.

Después todo quedó en silencio.

Un silencio absoluto.

2
Aullidos

El aire era frío y cortante.

Temblando, Annie y Jack observaron el cielo de color gris oscuro a través de la ventana.

La casa del árbol estaba sobre el suelo. Alrededor de ésta sólo podía verse una extensa planicie cubierta de hielo y nieve. Morgana y el búho se habían ido.

—¡Le-le-lee el acertijo! —le dijo Annie a su hermano, chasqueando los dientes.

Jack desenrolló el pergamino y leyó lo que decía:

Detrás de mí se oculta lo real
y se esconde lo verdadero.
Pero el coraje que hay en ti
lo haré surgir por entero.
¿Qué soy?

—Será mejor que lo anote en mi cuaderno —dijo Jack, temblando como una hoja.

Sacó el cuaderno de la mochila y transcribió el acertijo. Luego abrió el libro y lo hojeó hasta que encontró un dibujo en el que se veía una planicie blanca y desolada. Debajo del dibujo decía:

La tundra del Ártico es una planicie sin vegetación. Durante el oscuro invierno, ésta se cubre de hielo y nieve. Al comienzo de la primavera aún continúa nevada, pero el cielo comienza a aclarar. Durante el verano, el hielo y la nieve se derriten y el sol brilla las veinticuatro horas.

—Debe de ser el comienzo de la primavera —comentó Jack—. Todavía hay nieve pero el cielo ya se ve más claro.

Luego dio vuelta a la página y vio otro dibujo; un hombre que llevaba puesto un abrigo de piel con capucha.

—Mira este hombre —dijo Jack. Y le mostró el dibujo a su hermana.

—Necesitamos un abrigo como ése —agregó Annie.

—¡Sí! —dijo Jack—. Escucha esto, Annie. Jack leyó en voz alta:

Este cazador de focas lleva puesto un abrigo de piel de foca, como es natural, que lo protege de los vientos helados. En la antigüedad, los nativos del Ártico vivían de la caza de la foca, el caribú, el oso polar y la ballena.

Jack anotó en su cuaderno:

EL ÁRTICO

Los cazadores de focas se abrigan con las pieles de estos animales

Pero tenía demasiado frío para seguir escribiendo.

Así que se cubrió el pecho con la mochila y se echó el aliento en las manos, deseando estar en su cama.

—¡Morgana dijo que iba a enviar a alguien! —comentó Annie.

—Si no lo envía pronto, moriremos congelados —agregó Jack—. Está oscureciendo y hace más frío.

—¡SSSShhh! ¡Escucha....! —exclamó Annie.

A lo lejos, se oyó un aullido. Después..., se oyó otro. Y otro más.

—¿Qué es eso? —preguntó Jack.

Annie y su hermano se asomaron a la ventana. Estaba nevando y no se podía ver demasiado.

Los aullidos se oyeron con más intensidad; como una mezcla de quejidos y chillidos muy potentes. De pronto, a través de la cortina de nieve divisaron unas sombras oscuras que, al parecer, se acercaban corriendo hacia la casa del árbol.

—¿Son lobos? —preguntó Annie.

—¡Fantástico! ¡Lo que nos faltaba! —agregó Jack—. Nos estamos congelando y ahora, una manada de lobos viene hacia nosotros.

Jack tomó a su hermana del hombro para que se agachara y, juntos, permanecieron escondidos.

Los aullidos se oyeron más y más fuerte; como si los lobos hubieran rodeado la casa del árbol.

Jack no pudo contenerse. Tomó el libro del Ártico y comenzó a investigar.

—Tal vez aquí encuentre algo que nos ayude —dijo.

Y buscó un dibujo de lobos.

—¡Hola! —gritó Annie.

Jack alzó la mirada. Y contuvo la respiración.

Junto a la ventana, había un hombre que los observaba. Tenía la cabeza cubierta con una capucha de piel.

Era el cazador de focas, el mismo del dibujo del libro.

3

¡Vamos!

—¿Vino con los lobos? —preguntó Annie.

El cazador de focas parecía desconcertado.

—¿Morgana lo envió? —preguntó Jack.

—Un sueño me reveló que ustedes necesitaban ayuda —comentó el hombre.

Annie sonrió.

—Es Morgana. Ella envía sueños de tanto en tanto —comentó Annie—. Mi hermano y yo vinimos en la casa del árbol, volando a través del tiempo.

"¡Huy, Dios!", pensó Jack. "¿Quién va a creerse eso?

El cazador sonrió. Al parecer, sin asombro alguno.

—Por supuesto que necesitamos ayuda —dijo Jack—. No-no-nos estamos co-co-congelando.

El cazador asintió con la cabeza. Y, de inmediato, se alejó de la ventana. Luego regresó con dos abrigos iguales al de él, hechos de piel de foca y con capucha.

—¡Gracias! —exclamaron Annie y Jack a la vez.

Y se pusieron los abrigos.

—¡Hurraaaa! ¡Qué agradable sensación! —canturreó Annie.

—¡Síííí! ¡Y están hechos de piel de foca! —explicó Jack.

—¡Pobres focas! —dijo Annie.

—No pienses en eso —sugirió Jack, mientras se cubría la cabeza con la capucha. Aunque, todavía tenía las piernas, las manos y los pies congelados.

—¡Oh, muchas gracias! —dijo Annie.

Jack alzó la vista. El cazador le había dado un par de pantalones de piel a Annie. Luego, le dio otro a Jack.

—¡Muchas gracias! —dijo él. Y se puso los pantalones encima del pijama.

También, ambos recibieron un par de botas de piel y un par de guantes.

Jack se quitó las zapatillas y se puso las botas. Luego se puso los guantes, esforzándose por recuperar la movilidad de los dedos.

—Tengo una pequeña pregunta para usted —dijo Jack—. ¿Conoce la respuesta a este acertijo?

Jack abrió su cuaderno y leyó en voz alta:

Detrás de mí se oculta lo real
y se esconde lo verdadero.
Pero el coraje que hay en ti
lo haré surgir por entero.
¿Qué soy?

El cazador sacudió la cabeza.

—Vengan —les dijo a Annie y a Jack. Y se alejó de la ventana.

—¿Y todos esos lobos que están ahí? —preguntó Jack en voz alta.

Pero el cazador no contestó.

Jack tomó el libro del Ártico y buscó un dibujo en el que estuviera el cazador de focas.

Cuando lo encontró, sonrió entusiasmado.

En el dibujo, el cazador estaba de pie, junto a un trineo tirado por perros.

Jack leyó lo que decía debajo:

Durante la estación más fría, el cazador de focas se desplaza en trineos tirados por perros. A éstos se los conoce como "Huskies siberianos" o perros esquimales. Esta raza se caracteriza por tener un aullido similar al de los lobos. Como es común, un perro controla al resto. A veces, los deslizadores de los trineos se hacen con pescado congelado envuelto en piel de foca.

—¡Eh, Annie! ¡Mira, no son lobos! —explicó Jack—. ¡Son...!

Pero Annie ya no estaba allí.

Sin perder tiempo, Jack guardó el cuaderno y trató de colgarse la mochila en la espalda. Pero el abrigo era tan grueso que no pudo lograrlo. Así que tuvo que alargarle las correas.

Antes de salir, observó la ventana. Seguro le iba a resultar difícil atravesar ese pequeño agujero. Así que, con cuidado, pasó primero la cabeza y después el resto del cuerpo.

Jack cayó sobre el suelo nevado. La nieve aún continuaba cayendo. El aire estaba espeso y pesado.

De repente, oyó ladridos y aullidos. Con cuidado, avanzó hacia el lugar de donde provenían.

Al principio, no pudo divisar al trineo. Pero cuando se acercó un poco más distinguió a nueve perros esquimales. Tenían pelaje muy grueso, cabeza grande y orejas puntiagudas.

El perro que iba al frente del trineo comenzó a ladrarle.

Jack se detuvo.

—¡Trata de decirte que subas! —dijo Annie, parada en la parte de atrás del trineo.

El cazador estaba parado sobre la nieve, cerca de ella.

Jack subió de un salto y se acomodó al lado de su hermana.

Luego, el cazador agitó su largo látigo.

—¡Ea! ¡Andando! —exclamó.

Los perros obedecieron al instante, levantando una ráfaga de viento y nieve.

El gran búho blanco los seguía de cerca.

4
Casa de nieve

El trineo avanzaba veloz y silenciosamente por la planicie congelada, a veces, casi sin tocar el suelo. El cazador de focas corría a la par de éste, en ocasiones, haciendo sonar su látigo contra el hielo.

Iluminados por los rayos del sol, los montículos de nieve se veían como enormes esculturas blancas. Más tarde, una luna de color anaranjado trepó hasta lo más alto del cielo.

Justo en frente de ellos, la luz de la noche reveló la forma redonda y pequeña de un iglú. Los perros aminoraron la marcha y luego se detuvieron. Enseguida, Annie los desató.

Tan pronto se bajó del trineo, Jack tomó el libro para investigar un poco:

En el idioma de los nativos del Ártico la palabra "iglú" significa "casa". Para mantener el calor dentro de sus hogares los nativos construyen los iglúes con bloques de nieve. La nieve seca es muy apropiada para dicho fin. La temperatura ambiente de un iglú puede llegar a ser 65 grados más alta que la temperatura exterior.

Jack tomó el cuaderno y se quitó un guante para anotar un poco de información:

iglú significa casa

—¡Vamos, Jack! —dijo Annie, que junto con el cazador, aguardaba a su hermano a la entrada del iglú. Los perros estaban amarrados todos juntos.

Jack se apresuró para reunirse con su hermana y el cazador. El hombre apartó las pieles que colgaban de la entrada y entraron en el interior de la pequeña casa de hielo.

En el centro del iglú había una vela encendida que proyectaba sombras danzantes sobre las paredes blancas.

Annie y Jack se sentaron sobre una plataforma cubierta de pieles, mientras observaban al cazador realizar algunos quehaceres.

Éste encendió una pequeña cocina y salió del iglú por un momento. Luego regresó con una pequeña bola de nieve y unos trozos de carne congelada.

Colocó una olla sobre el fuego y echó la bola de nieve. Después agregó los trozos de carne.

—¿Qué hace? —preguntó Annie.

Jack tomó el libro y encontró un dibujo que mostraba la figura de un cazador cocinando. Annie y él leyeron lo que decía en silencio:

> Durante un período determinado los alimentos,
> la ropa y los utensilios de los nativos del Ártico
> provenían de los animales del lugar, en especial,
> de la foca, ya que casi toda su carne es comestible. Las lámparas eran abastecidas con grasa de
> foca. Para fabricar la ropa, los nativos utilizaban
> la piel de la foca, y para los utensilios y agujas,
> sus huesos.

—Debe de estar cocinando carne de foca —comentó Jack.

—Pobres focas —agregó Annie.

El cazador alzó la vista.

—No las llames pobres —dijo—. Las focas nos ayudan porque saben que sin ellas moriríamos.

—¡Oh! —exclamó Annie.

—A cambio, les damos las gracias a los espíritus de los animales —dijo el cazador.

—¿Cómo lo hacen? —preguntó Jack.

—Tenemos muchas ceremonias especiales —explicó el cazador.

Éste retiró las pieles de la plataforma y sacó dos máscaras de madera.

—Muy pronto habrá una ceremonia para

honrar el espíritu del oso polar —dijo—. Yo mismo tallé estas máscaras en madera para la ceremonia.

—¿Osos polares? —preguntó Annie.

—Sí —afirmó el cazador—. Así como las focas nos han dado tanto, lo mismo han hecho los osos polares.

—¿Por ejemplo? —preguntó Jack.

—Hace mucho tiempo los osos polares nos enseñaron a vivir en la nieve —comentó el cazador.

—¿Les *enseñaron*? —insistió Jack—. ¿Puede darnos más detalles?

El cazador sonrió.

—Sí —afirmó—. Cuando las focas se asoman a la superficie para respirar, a través de un agujero en la nieve, los osos polares aprovechan para cazarlas. Así lo aprendieron los cazadores de focas de épocas antiguas y así me lo enseñó mi padre, tal como se lo transmitió mi abuelo.

—Suena lógico —dijo Jack.

—Nuestros ancestros aprendieron a construir sus iglúes de los osos polares; éstos cavaban cuevas en los montículos de nieve —comentó el cazador.

—Esta explicación también es lógica —dijo Jack.

—También, los osos polares pueden enseñarnos a volar —agregó el cazador.

—¡Oh! ¡Maravilloso! —exclamó Annie.

—Hasta ahora todo parecía bastante lógico —agregó Jack, con una sonrisa—. Pero... ¿cómo quiere que crea algo así?

Con una sonrisa, el cazador volvió a concentrarse en los preparativos de la comida.

"Ahora comprendo por qué ni siquiera se inmutó cuando le contamos acerca de la casa del árbol", pensó Jack. *"Si cree que los osos polares vuelan, es capaz de creer cualquier cosa"*.

El cazador retiró los trozos de carne de la olla y los colocó dentro de un balde de madera. Luego le dio el balde a Annie.

—Vamos a alimentar a los perros —dijo.

—¡Hurra! —exclamó Annie. Y caminó detrás del cazador, balanceando el balde.

Sin perder tiempo, Jack guardó el cuaderno y el libro del Ártico dentro de la mochila con la intención de seguir a su hermana. Pero, detuvo la mirada en las dos máscaras de oso.

Cuando las tomó para verlas mejor, notó que ambas eran la réplica del rostro de un oso polar, con la misma forma del hocico y las orejas redondeadas. Y, además, con dos orificios para los ojos y un hilo por detrás, para poder colgarlas.

Aullidos repentinos quebraron la quietud del aire. Y se oyó la voz de Annie quejándose.

"¿La habrán atacado?", se preguntó Jack.

—¡Annieeeee!

Jack salió corriendo del iglú con las máscaras en la mano.

5
¡Te atrapé!

Al ver a dos criaturas pequeñas jugando bajo la luz de la luna, los perros comenzaron a ladrar.

—¡Son osos polares bebés! —gritó Annie.

Los pequeños osos saltaban uno encima del otro rodando por la nieve.

—¡Hola, pequeños! —dijo Annie en voz alta.

Los osos se detuvieron y se sacudieron como tratando de quitarse agua de encima. Luego corretearon hacia Annie que, de un salto, llegó junto a ellos para abrazarlos.

—¡Hola! ¡Hola! —exclamó, maravillada.

—¡Espera! ¿Dónde está la madre? —gritó Jack, mirando en todas direcciones.

"Tal vez son huérfanos", pensó.

Jack volvió a mirar a su hermana. Annie jugaba a la lucha con los pequeños osos sobre la nieve. Era tanta la risa que tenía que no podía ponerse de pie.

Al verla, Jack no pudo contener la risa. Guardó las máscaras en la mochila y corrió hacia su hermana.

Annie corría y corría con los oseznos sobre la tundra nevada. Uno de ellos, como desafiando su velocidad, la alcanzaba y luego volvía a adelantarse.

—¡Te atrapé! —le dijo a uno, sin dejarlo ir.

Luego, Jack y el otro oso se unieron a ellos. Y todos juntos jugaron y corretearon por la nieve, bajo la luz de la luna.

De pronto, ambos oseznos cayeron sobre la nieve, quedando completamente in-móviles.

Annie y Jack se quedaron quietos, observándolos.

—¿Se habrán lastimado? —preguntó Annie, en voz alta.

Cuando ambos se acercaron, los pequeños osos polares se pararon de un salto, tocaron a Annie y a Jack con el hocico y salieron corriendo.

—¡Sólo estaban jugando! ¡Nos engañaron! —dijo Jack, riendo.

Annie y su hermano corrieron detrás de los oseznos por la tundra nevada hasta que llegaron a un mar congelado.

—Estamos bastante lejos del iglú. Ya no oigo a los perros —dijo Jack—. Creo que debemos regresar.

—Espera un minuto —dijo Annie—. ¡Mira!

Los oseznos se estaban deslizando desde lo alto de un montículo de nieve hacia el mar congelado.

Al verlos, Annie y Jack no pudieron contener la risa.

—¡Es como patinar! —dijo Annie, entusiasmada—. Vamos a intentarlo —agregó.

—Está bien —dijo Jack—. Pero sólo un momento. Tenemos que regresar.

Jack sujetó fuertemente la mochila y subió al montículo de nieve detrás de su hermana.

Annie se colocó de espaldas contra la nieve y se deslizó hacia abajo, al grito de "¡*Hurraaa! ¡Hurraaa!*".

Jack se deslizó detrás de ella.

—¡Ten cuidado al llegar abajo! —gritó.

Los pequeños osos estaban sentados al pie de la montaña de nieve. Uno de ellos, la hembra, con su pezuña peluda, "tocó" el rostro de Jack y se recostó sobre la nieve.

—Yo también estoy cansada —dijo Annie.

—Sí —afirmó Jack—. Descansemos un momento.

Ambos se recostaron junto a los osos contemplando la luna de color anaranjado; con el viento y la respiración suave de los pequeños osos como únicos sonidos.

—¡Esto sí que fue *divertido*! —dijo Annie.

—Sí, lo fue —agregó Jack—. Pero será mejor que regresemos al iglú. Tal vez el cazador nos esté buscando. Además, tenemos que resolver el acertijo.

Jack rodó hacia un costado y trató de ponerse de pie.

"Crack", se oyó de pronto.

—¡Oh, no! —exclamó, mientras se ponía de rodillas—. Creo que el hielo está demasiado fino.

—¿Qué quieres decir? —preguntó Annie, al tiempo que se ponía de pie.

Luego, se oyó otro *"Crack"*.

—¡Ay, no! —exclamó Annie.

Con mucho cuidado, se recostó boca arriba.

Entre chillidos y gimoteos, los osos se acercaron a Annie y a Jack.

Jack también quería llorar. Pero respiró hondo y dijo:

—Veamos qué dice nuestro libro.

Tomó la mochila y primero sacó las máscaras de madera, que entregó a su hermana.

—Traje esto del iglú por error —explicó.

Y mientras buscaba el libro en la mochila oyó otro "crack" más fuerte.

¡CRACK!

—Ni siquiera nos movimos y el hielo se está quebrando —dijo Annie.

Justo en ese instante, se oyó un sonido nuevo; un resoplido que se dejó oír por lo bajo, que provenía del montículo de nieve, a unos cincuenta pies de ellos.

Jack alzó la vista.

Un oso polar gigante los miraba fija-
mente.

—Es la madre de los pequeños —dijo
Annie.

6

Osos voladores

Los pequeños osos gimotearon más fuerte.

—Quieren ir con su madre, pero tienen miedo de caminar sobre el hielo —susurró Annie, acariciando a los oseznos.

—No tengan miedo —les dijo—. Ya van a volver con su mamá.

La madre de los oseznos comenzó a gruñir, moviéndose hacia delante y hacia atrás, olfateando el aire.

Annie continuó acariciando a los oseznos mientras les hablaba al oído.

Jack hojeó el libro, en busca de algún detalle que pudiera servirle de ayuda. Hasta que, finalmente, encontró algo interesante:

Si bien un oso polar hembra puede alcanzar unas 750 libras, es capaz de desplazarse sobre delgadas capas de hielo sin romperlas, equilibrando su propio peso y deslizándose sobre el hielo con sus garras. Cualquier persona, con sólo intentar moverse sobre hielo delgado lo quebraría.

—¡Huy, Dios! Esto es increíble —susurró Jack, mientras observaba a la madre de los oseznos bajar del montículo de nieve.

Luego, silenciosa y cuidadosamente, se deslizó sobre el borde del mar congelado.

Así, trató de pisar el hielo, pero cada vez que intentaba hacerlo se oía otro "crack", con lo cual debía retroceder. Cuando por fin encontró una parte firme, extendió las cuatro patas, se recostó sobre el hielo boca abajo y comenzó a desplazarse empujándose con las garras.

—¿Está acercándose a sus crías? —preguntó Jack—. ¿O viene por nosotros?

—No lo sé —contestó Annie—. Pongámonos las máscaras.

—¿Para qué? —preguntó Jack.

—Si lo hacemos podría creer que nosotros también somos osos polares —explicó Annie.

—¡Ay, Dios! —exclamó Jack.

Sin prestarle demasiada atención, Annie le dio una de las máscaras a su hermano. Jack se quitó los lentes y se la colocó. Le resultaba difícil mirar a la madre de los oseznos a través de los pequeños orificios. De tanto en tanto, tenía que parpadear para poder ver mejor.

Al ver a sus oseznos, la madre dejó oír un profundo quejido.

Lentamente, los pequeños osos fueron acercándose a ella, que los aguardaba ansiosamente para lamer su pelaje. Luego de acariciar el hocico de su madre, los oseznos treparon al lomo de ésta.

—¡Ya están a salvo! —comentó Jack—.

Aun si el hielo se rompe, la madre podrá llevarlos nadando hasta el hielo firme.

—¡Sí! Yo sólo deseo que no nos deje atrás a *nosotros* —dijo Annie.

Lentamente, la madre de los oseznos giró el cuerpo, se impulsó con las patas traseras y comenzó a deslizarse.

—Tratemos de avanzar como lo hace ella —sugirió Annie.

—Pero, ¿y si el hielo se rompe y morimos congelados? —comentó Jack.

—Si nos quedamos aquí, también nos congelaremos. Recuerda que el cazador de focas nos dijo que la gente de su tribu aprendió a hacer esto de los osos polares —insistió Annie.

Jack respiró hondo.

—Está bien —dijo—. Vamos a intentarlo.

Se acostó sobre el hielo boca abajo y extendió los brazos y las piernas.

Luego, después de observar a la madre de los osos, se impulsó con los pies.

Afortunadamente, no se oyó ningún otro "crack".

—¡*Grrrrr!* —gruñó Jack. Y volvió a impulsarse.

Podía oír a su hermana deslizándose detrás de él. Y así, continuaron avanzando por el hielo.

Hasta que, de pronto, algo sucedió. Por un momento, Jack sintió que no era un niño, sino un oso polar.

Y se sintió más extraño aún cuando tuvo la sensación de *volar*, como si sus brazos y piernas fueran alas gigantes, como si el mar congelado fuera un cielo de vidrio.

En ese momento, recordó lo que había dicho el cazador: *"Los osos polares pueden volar"*.

7

Luces mágicas

—Ya puedes ponerte de pie —dijo Annie.

Jack abrió los ojos. Su hermana estaba parada a su lado. Aún llevaba puesta la máscara de madera.

—Estamos en suelo firme —agregó Annie.

De pronto, Jack tuvo la sensación de haber tenido un sueño. Miró a su alrededor y notó que ya estaban sobre la planicie nevada, justo al borde del mar congelado.

A lo lejos, vio corretear a los pequeños osos polares. La madre de ambos, parada sobre la nieve, observaba a Jack y a su hermana.

—Se quedó hasta asegurarse de que estuviéramos a salvo —comentó Annie.

Asombrado, Jack observó a la madre de los oseznos y, una vez más, recordó las palabras del cazador: *"Siempre hay que dar gracias al espíritu de los animales"*.

—Tenemos que darle las gracias —comentó Jack.

—Por supuesto —respondió Annie.

Jack se puso de pie de inmediato. Y, todavía con la máscara puesta, se paró enfrente de la madre de los oseznos y juntó ambas manos en actitud de agradecimiento.

—Mi hermana y yo te damos las gracias —dijo, haciendo una reverencia.

—Sí, gracias para siempre —agregó Annie, e hizo una reverencia.

—Te agradecemos hasta la luna y las estrellas —dijo Jack.

—Y más allá del mar más profundo —agregó Annie.

Luego, Annie extendió los brazos y giró

lentamente. Jack hizo lo mismo. Así, ambos danzaron sobre la nieve, honrando el espíritu del oso polar. Finalmente, se detuvieron y ambos ofrecieron una última reverencia.

Al alzar la mirada, Annie y Jack notaron que la madre de los oseznos estaba parada sobre sus patas traseras. Ahora se veía dos veces más alta que Jack. Luego, ésta bajó la cabeza, como si tratara de devolverles la reverencia.

Justo en ese momento, el cielo explotó. La noche se convirtió en un torbellino gigante de luces de color rojo, verde y anaranjado; como si un genio hubiera salido de su lámpara mágica.

El despliegue de color dejó a Jack sin aliento quien, maravillado, contempló la tundra iluminada por la lluvia de luces fosforescentes.

—¿Es el espíritu del oso polar? —preguntó Annie, con voz baja.

Asombrado, Jack notó que el cielo y la

nieve brillaban en forma simultánea. Incluso el pelaje de la madre de los oseznos brillaba con más fuerza con la extraña luz.

—No. No es un espíritu. Esto debe de tener una explicación científica. Voy a investigar —dijo.

Jack se quitó la máscara, se colocó los lentes y abrió el libro del Ártico.

De repente, un destello verde iluminó un dibujo del libro, en el que se veía un cielo cubierto de distintos colores, aunque bastante diferente al cielo que tenía ante sus ojos. Jack leyó lo que decía debajo del dibujo.

Uno de los fenómenos más sorprendentes del Ártico son las auroras boreales. El gran espectáculo de luz y color surge cuando pequeñas partículas, cargadas de electricidad solar, chocan con los átomos y moléculas de la atmósfera terrestre.

—¿Lo ves? ¡Hay una explicación científica! —comentó Jack—. No son los espíritus de los animales.

De pronto, el despliegue de luz se esfumó, como si alguien hubiera apagado una vela.

La magia había llegado a su fin.

8
Acertijo resuelto

Ahora, sólo la luna brillaba sobre la nieve.

Jack miró a su alrededor buscando a la madre de los oseznos.

Pero ésta ya se había marchado.

—¿Adónde fue la madre de los pequeños? —preguntó Annie.

—No lo sé —contestó Jack, contemplando la tundra. No había señales de los oseznos y tampoco de su madre.

—Tal vez ella no está interesada en los fenómenos científicos —agregó Jack.

Annie suspiró resignada. Se quitó la máscara de oso y se la dio a su hermano. Luego, Jack guardó ambas máscaras en la mochila.

—¿Y ahora qué haremos? —preguntó Annie.

Ambos miraron a su alrededor. La vasta planicie nevada quedó a oscuras. Ni siquiera Jack sabía dónde estaban.

—Creo que sólo nos queda caminar y esperar lo mejor —agregó.

—Espera. ¿No oyes algo? —preguntó Annie.

A lo lejos, se oyeron unos sonidos. Al parecer, eran aullidos.

—¡Eh, ya no tendremos que esperar mucho! Los perros ya están aquí —dijo Annie.

A medida que el trineo se acercaba, los aullidos llenaban la quietud de la noche.

El cazador avanzaba corriendo al lado de los perros.

—¡Estamos aquí! ¡Aquí! —gritó Jack,

mientras corría en dirección al trineo. Annie lo seguía unos pasos más atrás.

—Tuve miedo de que se hubieran perdido —dijo el cazador.

—Nos perdimos —dijo Annie—. Y nos quedamos atrapados sobre el hielo. Pero la madre de unos pequeños osos polares nos ayudó a salir.

—Sí —agregó Jack—. Pero cuando nos pusimos las máscaras de madera, sentimos que éramos dos osos polares más.

—Sí, las máscaras nos hicieron sentir más valientes —dijo Annie. Y se quedó callada, como si pensara en algo...

—¡Oh, espera! —dijo Jack. Las palabras de su hermana le sonaban familiares.

Luego tomó el cuaderno y leyó el acertijo de Morgana en voz alta:

Detrás de mí se oculta lo real
y se esconde lo verdadero.

Pero el valor que hay en ti
lo haré surgir por entero.

¿Qué soy?

—¡Una máscara! —dijeron Annie y Jack a la vez.

El cazador dejó escapar una sonrisa.

—¡Tú lo sabías! —exclamó Annie.

—Ustedes debían encontrar la respuesta sin mi ayuda —explicó el cazador.

Jack sacó las máscaras de la mochila.

—Aquí tiene —dijo—. ¡Muchas gracias!

El cazador tomó las máscaras y las guardó dentro de su abrigo de piel.

—Ahora ya podremos marcharnos —comentó Jack.

—¿Nos podría llevar a la casa del árbol? —dijo Annie.

El cazador asintió con la cabeza.

—¡Suban! —contestó.

Annie y Jack subieron al trineo.

—¡Ea! ¡Vamos! —exclamó el cazador.

—¡Ea! —exclamó Annie.

—¡Vamos! —repitió Jack.

Cuando partieron sobre el hielo a oscuras, le nieve comenzó a caer.

9

¡Aún falta uno!

Cuando el trineo llegó a la casa del árbol, la tormenta de nieve se había convertido en tempestad.

—¿Puede esperar un momento? —preguntó Jack—. Tenemos que asegurarnos de algo importante.

El cazador asintió con la cabeza. Los perros, agitando la cola, observaron a Annie y a su hermano mientras éstos atravesaban la ventana de la casa del árbol.

Jack tomó el pergamino que contenía el acertijo. Cuando lo desenrolló, notó que el texto ya no estaba. En su lugar había una sola palabra:

MÁSCARA

—¡Lo hicimos! —exclamó Annie—. Podremos regresar a casa.

—¡Grandioso! —dijo Jack—.Vamos a despedirnos del cazador y a devolverle la ropa.

Enseguida, Annie y Jack se quitaron los abrigos de piel y las botas.

—¡Gracias por dejarnos usar esta ropa! —dijo Jack desde la ventana.

El cazador caminó hacia él y tomó la ropa.

Annie y Jack, con sus pijamas y descalzos, comenzaron a temblar.

—¡Gr-Gr-Gracias por to-to-todo! —dijo Annie, chasqueando los dientes.

El cazador se despidió y se dirigió al trineo.

—¡Ea! —gritó.

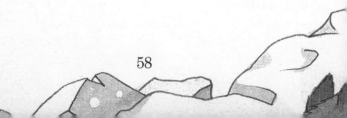

Los perros se perdieron en la noche tormentosa.

—¡Ya es hora de irnos! —dijo Jack—. Tenemos que irnos antes de que nos congelemos.

Annie tomó el libro de Pensilvania, el que siempre los llevaba al hogar. Señaló el bosque de Frog Creek y dijo:

—¡Queremos regresar a este lugar! —agregó.

Ambos se quedaron esperando que la casa del árbol comenzara a girar.

Pero todo continuó igual.

Jack sintió un escalofrío.

—¡Deseamos regresar a este lugar! —repitió Annie.

Sin embargo, seguían en el mismo lugar.

—¿Q-q-qué sucede? —preguntó Jack, mirando a su alrededor. Los cuatro pergaminos con los cuatro acertijos resueltos estaban en un rincón.

Pero, de pronto, lo vio; un *quinto* pergamino.

—¿Y esto? ¿De dónde salió? —se preguntó, en voz alta?

Jack tomó el pergamino, lo desenrolló, y leyó lo que decía:

Busca en una de las respuestas
las cuatro letras del lugar
que por ser tu favorito
es un lugar especial.

—¡Oh, no! —exclamó Annie—. ¡Aún falta otro acertijo!

—¡Está bien! ¡De-debemos ma-mantener la calma! —sugirió Jack, temblando como una hoja—. Miremos la primera respuesta, OSTRA. Muy bien. Si tomamos cuatro letras y las cambiamos de lugar quedará:

O-T-R-A, A-T-R-O, S-O-R-A...

—Lo que dice no tiene sentido —irrumpió Annie.

El viento helado sacudió la casa del árbol. La nieve comenzó a colarse por la ventana.

—¡Tenemos que apurarnos! —comentó Annie.

Jack se estaba congelando.

—Pensemos.... ¿Qué palabra será? —preguntó Jack en voz alta. Y detuvo la mirada en los pergaminos que estaban en el rincón.

—Mejor veamos MÁSCARA que es la más larga y tiene más letras —dijo Jack.

—Sí, tienes razón —agregó Annie.

Y juntos, pusieron manos a la obra.

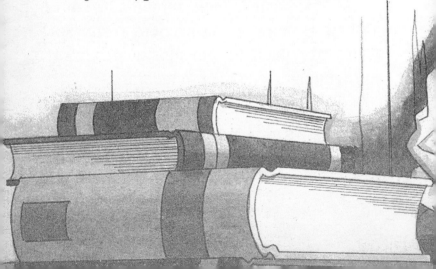

—MASA —aventuró Annie.

—CARA —dijo Jack.

—¡CASA! —exclamaron al unísono.

—¡Sí! ¡CASA! ¡Ése es nuestro lugar favorito! —dijo Annie.

Jack desenrolló el quinto pergamino. El acertijo ya no estaba. En su lugar, había una sola palabra.

CASA

—¡Esooo! —gritó Annie. Y, de inmediato, tomó el libro de Pensilvania.

—¡Queremos regresar a este lugar! —dijo, en voz alta.

La casa del árbol comenzó a girar.

Más y más rápido cada vez.

Después, todo quedó en silencio.

Un silencio absoluto.

10
Maestros bibliotecarios

Una brisa cálida envolvió a Jack.

—Veo que han cumplido la misión —dijo una voz suave y calmada—. ¿Están contentos de haber regresado a su casa?

Cuando Jack abrió los ojos vio a Morgana le Fay. La luz de la luna alumbraba su silueta.

—Sí, muy contentos —respondió Jack.

—Resolvimos todos los acertijos —dijo Annie.

—Por supuesto —agregó Morgana—. También han demostrado que pueden encontrar las respuestas a preguntas muy difíciles.

Morgana buscó entre los pliegues de su túnica y sacó dos pequeños trozos de madera, muy finos.

—Una tarjeta mágica de bibliotecario para cada uno —explicó Morgana.

—¡Huy, Dios! —exclamó Jack, mientras tocaba la tarjeta.

La tarjeta de madera era delgada y suave. Sobre la superficie había dos letras que brillaban intensamente: *MB*.

—Estas tarjetas certifican que ustedes son "Maestros bibliotecarios" —explicó Morgana—. Ahora son los flamantes miembros de la "Sociedad de Maestros bibliotecarios".

—¿Qué debemos hacer con las tarjetas? —preguntó Jack.

—Deberán llevarlas en sus futuros viajes —explicó Morgana—. Sólo los miembros de la sociedad y las personas más sabias podrán ver las letras; ellos serán los únicos que podrán ayudarlos.

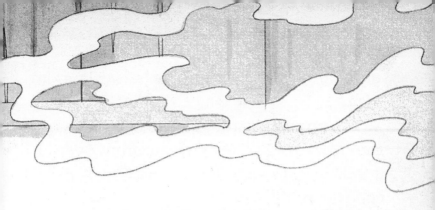

—¡Guau! —exclamó Annie—. ¿Podemos ir a otra misión ahora mismo?

—Ahora tienen que ir a su casa y descansar. Regresaré por ustedes muy pronto —comentó Morgana.

Annie y Jack guardaron las tarjetas mágicas en los bolsillos. Luego, Jack tomó el libro del Ártico y lo colocó sobre la pila donde descansaban los otros libros.

—Adiós —dijo.

—Nos veremos pronto —le dijo Annie a Morgana.

La dama misteriosa se despidió de Jack y de su hermana.

Annie y Jack bajaron por la escalera de soga.

Tan pronto pisaron el suelo oyeron un rugido. Alzaron la vista y alcanzaron a ver el despliegue de viento y luz que envolvió la copa del roble.

Después, todo quedó en silencio.

Morgana y la casa del árbol habían desaparecido.

Jack buscó su tarjeta mágica. Cuando la tocó y sintió su calidez, *supo* que aún le esperaban muchas aventuras.

—Es hora de irnos —dijo. Y encendió la linterna.

—El bosque ya no se ve tan tenebroso como antes —comentó Annie, mientras caminaban entre los árboles—. Ya no tengo miedo.

—Yo tampoco —agregó Jack.

—La oscuridad es como una *máscara* —dijo Annie.

—Sí, es capaz de ocultar al día pero, a la vez, nos hace sentir valientes —agregó Jack.

Luego, salieron del bosque.

Jack divisó su casa a lo lejos; se veía cálida y acogedora.

La lámpara del porche estaba encendida. La luz de la luna brillaba sobre él y su hermana.

—*Nuestra casa* —susurró por lo bajo.

—*Ah, nuestra casa* —repitió Annie.

Y comenzó a correr en dirección a su casa. Jack corrió detrás de su hermana, hacia el lugar que ambos consideraban su favorito.

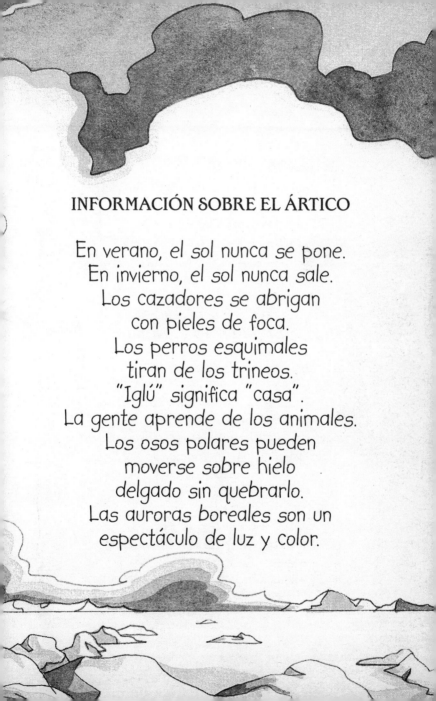

INFORMACIÓN SOBRE EL ÁRTICO

En verano, el sol nunca se pone.
En invierno, el sol nunca sale.
Los cazadores se abrigan
con pieles de foca.
Los perros esquimales
tiran de los trineos.
"Iglú" significa "casa".
La gente aprende de los animales.
Los osos polares pueden
moverse sobre hielo
delgado sin quebrarlo.
Las auroras boreales son un
espectáculo de luz y color.

¿Quieres saber adónde puedes viajar en la casa del árbol?

La casa del árbol #1
Dinosaurios al atardecer
Jack y Annie descubren una casa en un árbol
y al entrar, viajan a la época de los dinosaurios.

La casa del árbol #2
El caballero del alba
Annie y Jack viajan a la época de
los caballeros medievales y exploran
un castillo con un pasadizo secreto.

La casa del árbol #3
Una momia al amanecer
Jack y Annie viajan al antiguo Egipto y se
pierden dentro de una pirámide al tratar de
ayudar al fantasma de una reina.

La casa del árbol #4
Piratas después del mediodía
Annie y Jack viajan al pasado y se
encuentran con un grupo de piratas
muy hostiles que buscan un
tesoro enterrado.

Mary Pope Osborne ha recibido muchos premios por sus libros, que suman más de cuarenta. Mary Pope Osborne vive con Will, su esposo, en la ciudad de Nueva York, y con su perro Bailey, un norfolk terrier. También tiene una cabaña en Pensilvania.